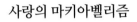

사랑의 마키아벨리즘

人 사십편시선 009

이문복 시집

사랑의 마키아벨리즘

2014년 3월 17일 제1판 제1쇄 인쇄
2014년 3월 24일 제1판 제1쇄 발행

지은이   이문복
펴낸이   강봉구

기획   사십편시집기획위원회
디자인   bonggune
인쇄제본   (주)아이엠피

펴낸곳   작은숲출판사
등록번호   제406-2013-000081호
주소   413-120 경기도 파주시 문발로 119(문발동) 306호
전화   070-4067-8560
팩스   0505-499-8560
홈페이지   http://cafe.daum.net/littlef2010
이메일   littlef2010@daum.net

ⓒ 이문복

ISBN 978-89-97581-42-9   03810
값 8,000원

사랑의 마키아벨리즘

이문복 시집

각숲

삶이란,
이토록 아름답고 불가사의한 우주 속에 존재하는 것만으로도
충분히 아름답고 의미 있다 생각하거늘
무언가를 이루고 쥐어 보려는 노력들을 딱하게 여겨왔거늘
어쭙잖은 시편들을 세상 속으로 들이미는 심사가
쑥스럽고도 민망하다.

시대를, 환경을 잘못 만나 활짝 피지 못한 주변 여인들을
늘 안타깝게 여기셨으나, 정작 자신이 아까운 여인임은 모르신 채
이승과 저승의 경계를 서성이고 계신
내 어머니께 이 시집을 바친다.

차례

제3부

제 1 부

꽃과 열매의 시간

시멘트 구멍에서 새어나오는 불빛이
저토록 밝고 따뜻하다니!

시멘트 구멍 하나 얻기 위해
구겨진 꿈
저 불빛 잡기 위해
저당 잡힌 날개
더 넓은 구멍
더 환한 불빛 향한 욕망

이제 그만 돌아가고 싶다

꽃과 열매의 시간으로
계절을 가늠하는 곳
물과 바람으로 빚은 흙집에
호박꽃 초롱같은 불빛 밝히고

밤하늘의 침묵, 풀벌레 소리에

오롯이 귀 기울이고 싶다

천 년의 노을

간신히 몸 일으켜 출근할 만큼

간신히 쌀 씻고 국 끓일 만큼

고작 그만큼만 아픈 날들 시름시름 쌓여

드디어 몸져누운 오늘

빈 방에 홋홋이 누워

마음껏 아플 수 있는 행복

목 메이게 고맙고 서러운데

비몽사몽간에 들리는

우리 엄마 칼도마 소리

우리 외할머니

콩나물 시루 물 주는 소리

비몽사몽간에 보이는 그림

외할머니 댁 뒤뜰에 피고 지던

살구꽃 복사꽃

뒷산 올라가는 오솔길
보라 빛 산도라지, 돌배나무, 개암나무

신열에 들떠 두둥실 흔들리면서
지리산 산 그림자 물에 어리는
먼 옛날 섬진강 나룻배 타고 건너다
가을 노고단 억새풀 되어
바람 끌어안고 흐느끼다

헛것들 어르고 지나간 뒤
자리 털고 일어나 뒤뜰로 나서니
장엄한 저 노을!
쌀 씻고 콩나물 다듬다 놓쳐버린
노을 모두 찾아와
함께 물들었다 스러지는

할머니들은 거기 없다

무너져 내린 어깨 시름겹고
텅 빈 눈길은 담배 연기 따라
하릴없이 허공을 떠돈다
햇살 눈부신 대낮에도
그곳은
무겁고 칙칙하다

노인공원, 그곳에
할머니들은 없다
할머니들은 바쁘다
손주 어르고 빨래 개키고
노점에 쪼그려 앉아
푸성귀며 과일도 판다
시름겹고 고달픈 생애, 그렇게
어르고 개키며 저무는 것이다

대장부 할 일 따로 있고

크고 폼 나는 일만 남자 몫이라서

할아버지들은 이제 할 일이 없다

잘 나가던 시절의 무용담도 부질없어

도망친 세월 헛헛한 기억

구겨 쥔 빈 담뱃갑으로

남을 뿐이다

그 마을이 정말 있었던 것일까

가드레일 너머
저 길
왠지 낯설지 않아
고추밭 콩밭 머리 지나
자드락길 따라 아슬아슬
산비탈 에돌아가면
잃어버린 옛 마을이
나타날 것만 같다

그 마을로 가는 암호문을
지니고 있었다
늦가을 잡목 숲 가랑잎 닮은
제 둥지 찾아가는 멧새 울음 같은
그 암호문 잃은 지 오래

밥 짓는 저녁연기

노을 따라 스러지면

들녘 쏘다니던 바람

구운 옥수수 내음 실어

고샅고샅 밤 마실 부추기고

잦아드는 모깃불에

마른 쑥 보태며

도란도란

옛이야기 깊어질 때

타작마당 맷방석 위로

쏟아질 듯 별빛 가깝던

그 마을이 정말 있었던 것일까

고속국도에서

되돌아갈 수도
멈출 수도 없는
이 길 옆구리 살짝 틀어
샛길 하나 내고 싶다

길섶의 풀벌레에 빠져
숙제 팽개치고
도랑물 속 구름에 홀려
심부름 까먹던 그 옛날
어리숙한 계집아이 되어

고무신 가득 풀꽃 따서 담고
맨발로 타박타박
노을 안고 싶어 거꾸로 걷다가
노을 눈부셔 눈감고 걷던
보드라운 흙길 갖고 싶다

엽서

받아볼 사람 누구라도 괜찮은
사연 한 잎 떨구고 돌아설 때
아득히 가슴 적시며 흘러가는
어린 시절 개울물 소리
개울가에 쪼그려 앉은
작은 계집아이
물살에 실려 하염없이 떠가는
꽃 이파리 풀 이파리 보인다
어둡고 쓸쓸한 세상 내음에 젖어
이제야 도착한 어릴 적 꽃잎 편지
미지의 나를 향해 하염없이
꽃잎 띄우던 그 소녀에게
이제는 내가 꽃잎 띄워 보낸다

선물

한때 매혹적이었으나 우중충하고 초췌해진
밤바다 색 원피스를 젊은 그녀에게,
가슴에 수놓인 푸른 나비도 날려 보내다

그녀의 옷자락이 흔들릴 때마다
푸른 나비의 날갯짓 소리
별빛 머금은 파도가 출렁

그녀가 입은 나의 원피스
밤바다 위를 떠도는 나비 같았던
젊은 날의 나에게 보내는 쓸쓸한 선물

돌멩이

비에 젖어 글썽이는 작고 검푸른 돌
발끝에 차일 뻔한 슬픔을 줍다

무지갯빛 조약돌에 홀려
송사리 놓치던 유년의 개울물
물고기 대신 무지개 잡아
두근두근 돌아오던 유년의 신작로
시나브로 떠오르다

물빛 날아가 평범해진 조약돌
찰랑이는 맑은 물속 되돌아갔더라면
다시 무지개 되었을 그 돌멩이
어디에 버렸는지 기억나지 않고
어리둥절 부끄럽고 미안했던 마음만
돌멩이 되어 남다

그대 안에 흐르는 물소리

가만히 귀 기울여 들을 뿐

여울물 속 영롱한 조약돌

차마 꺼내지 못한다

물살에 부대껴 단단해진

그 슬픔 바라만 볼 뿐

수선화 피었던 자리

수선화를 품은
고운 토분 지녔었지

시든 꽃향기 애련하던
봄 밤
알뿌리 땅에 묻으며
이듬 해 봄을 기약했지만

낯선 집에서 다시 맞는
봄
수선화 피었던 토분에
이름 모를 풀꽃 피어나네

두고 온 꽃밭에도
수선화 피었으리

옛집 꽃밭에 두고 온

수선화처럼

나 몰래 피고 질

수선화처럼

나 없이도 향기로울

이제는 잊어도 좋을

숨은 길

숲으로 난 작은 길을 걷는다
타고 온 바퀴는 먼발치에 버려두고
목적지도 버리고 쉬엄쉬엄 걷는다
속도를 거부하여 버림받은
버림받아서 아름다워진 옛길
굽이굽이 이 길 따라 흘렀을
나지막한 노랫가락이며 넋두리, 한숨소리
호젓이 마음 기울이며 걷노라면
발자국 자국마다
옛사람들의 눈물 스며들고
지나온 저 길들은
내 생애의 한 자락 숨은 길로 누워
먼 훗날의 발자국들 끌어안으리

기관 고장으로 수리 중

예전엔
나루터나 주막이었으리
강변의 쓸쓸한 간이역
거기 잠시나마 머물고 싶은 마음
모질게 뿌리치고 달려온
열차는 지금
기관 고장으로 수리 중

나는
아름다웠으나 머물지 못했던
내 인생의 간이역
헤아려보는 중
소중한 것들 뿌리치며 달려와
우두커니 멈춰 있는 삶
점검해 보는 중

26

낯선 역에서

목적지를 버릴 때
떠나온 길도 놓아 버렸음을
비로소 깨닫는다
막막하고 두렵다
그 두려움의 힘으로
일상의 마지막 한 겹 밀어젖힌다
옷자락이 갑자기 싱싱해진다

사람들은
떠들거나 근심스럽거나
웃거나 무표정하지만
낯선 거리
낯선 사람들 속에서 나는
고귀하지도 하찮지도 않고
잠시 스쳐가는 바람일 뿐

그러나

언제 따라온 것일까

철 지난 강가를 서성이다

섶 다리 건너 되돌아올 때

겨울 강 물비늘로 반짝이며

흘러가는 근심과 미소

강변 돌 꽃으로, 눈꽃으로 피어나는

이름 모를 사람들

육탈

비들비들 말라가는 사과 몇 알 거두어
바구니에 담아놓고 까마득히 잊었네

외출에서 돌아온 어느 날
싱싱한 바람 뒤따라 들어와
늪 같던 실내 상큼하게 출렁

과육을 빠져나온 향기
싱그러운 자유 되어 떠돌고

내 영혼에도
한 줌 향기가 있다면
시들어 상해가는 육신 벗어놓고
향기로, 오직 향기로만

소백산 은방울꽃

어의동 골짜기 지나
연화봉 찾아가는
고적한 산길 어디메쯤
순정한 향기로
나를 기다리던

세상살이 폭폭할 때마다
고향처럼 그리워지는
산,
그 산에 숨어 피는
나대신 숨어 피는

소백산 은방울꽃

우렁각시 꿈

달력 그림 오려서 머리맡에 붙여놓고
우렁각시 되어 그림 속 들어간다

보리쌀 씻어 가마솥에 안친 다음
솔가지 툭툭 꺾어 아궁이에 불 지피고
된장 한 숟갈 뜨러 뒤꼍으로 나가니
장독대 곁 채송화 분꽃 어여삐 반긴다
사립문 밖 채마밭에서
아욱이며 상추, 쑥갓, 풋고추
촉촉이 이슬 젖은 푸성귀 솎아오다가
윤기 자르르한 애호박도 앞치마에 툭

아궁이 앞 쪼그려 앉아 밥물 잦히면
이슬 젖은 치맛자락도 금세 보송보송
아침상 차려놓고 부랴부랴 빠져 나온다

때로는 우렁각시임을 잊어
진종일 그림 속 들어앉아 게으름 떤다
저녁 햇살 비껴드는 툇마루 걸터앉아
육자배기 가락에 넋을 빼거나
뒤꼍 문지방 베고 누워
빗소리 취해 낮잠 자거나

그림 속 초가집
이 세상으로 불러내지 못해
가끔씩 거기 들어가 살다 나오는
우렁각시, 더 늙어 신통력 사라지면
영영 들어가지 못하거나
영영 돌아오지 못하리

특별한 일이 생길 것 같은 날

별 볼 일 없었던
하루의 끝자락
집으로 돌아가는 골목길
길모퉁이 불빛 화사한 카페
이름도 발랄하여라
「특별한 일이 생길 것 같은 날」

나에게도 있었다
막연히 기대하며 설레던
가끔은 특별했던 날들
절망조차 달콤하여
특별하지 않아도 특별했던
청춘의 나날

특별한 날 그건
지루한 일상을 달래는 깜짝쇼

진부한 삶에 바쳐진 한낱 이벤트라고
뒤통수 치고 달아났던 얄미운 세월
뻔뻔스럽게 돌아와 이죽거린다
산다는 게 다 그런 것 아니겠냐고
네 인생의 허방다리
그 위에 뿌려진 꽃잎에도
순간의 향기는 있었다고

더 깊은 상실과 아픔 준비되어 있을
미지의 특별한 날들
기다리지도 두려워하지도 않겠다
특별하지 않았던 하루를
기꺼이 짊어지고 돌아가는
고마운 오늘

제 2 부

감자 꽃이 피리라

비에 젖은 텃밭을 둘러보다가
감자밭 머리에서 문득
나도 함께 젖는다
봄비 머금어 한결 싱싱해진
이파리 밑 촉촉한 흙 속
탱글탱글 영글고 있을 감자 알
감자의 내력이 생각난 거다

재작년 겨울이던가
집들이 다녀온 남편 손에
시커먼 비닐봉지
그 안에 쭈글탱이 감자 몇 알
아파트 분리수거 쓰레기통 옆
담배 한 대 피우고 돌아서는 발길에
툭 차이더라고
싹 나서 버려진 감자가 농사꾼을 만났으니

이게 어디 보통 인연이겠냐고

그 감자 텃밭에 묻혔다가
탐스러운 햇감자로 돌아왔는데
단단하면서도 부드러운
흙 감자, 첫 수확의 감촉
내 손끝이 아직 기억하고 있는데
지금 저 감자는
그때 그 감자의 손자뻘인 셈이다

머지않아 감자 꽃이 피리라

배츳잎 이불

우수가 낼 모레라고
햇살 머물던 자리마다
봄풀들 파릇해도
늦추위 알몸으로 견뎌낸
나싱개* 이파리는
서러운 자주 빛

놀랍기도 하여라!
김장 때 팽개친 배츳잎
무심코 들추니
노랗게 곰삭은 홑잎 아래
오그르르 돋아난 나싱개
연두 빛 어린 이파리

어린 속잎들 감싸 안아
된서리 찬바람 막아주고는

겉대로 지쳐져* 버림받은

배추 이파리, 포근한 이불 되어

그 아래 새근새근 늦잠 자는

여리디 여린 연두 빛

봄소식

묵은 슬픔

봄꿈에 갇혀 수척해진
산나물 한 줌
시린 겨울 물속
풀어 놓으니
시름시름 되살아나는
봄
물오른 가지에 새 잎 돋느라
골짜기마다 분주하던
봄 산의 기억들
그러나 돌아오지 않는
연두 빛 풋내음

싱그러운 빛, 풋풋한 향기
햇볕과 바람에 내어주고
아득히 잦아들며 깊어졌음이리

쌉쌀한 듯 구수하게 입 안 적시다
아린 듯 담백하게 스며들어
씹을수록 깊어지는
묵은 봄의 맛

홀로 일어나 밥상 차리는
고적한 겨울 아침
묵은 슬픔으로 깊어진 영혼들 앞에
공손히 무릎 꿇어 바치고 싶은
묵은 맛의 그윽함

물새와 우편함

집 짓고 남은 널빤지로
집 닮은 조그만 우편함도 한 채

- 우체통이 참 예쁘네요 -
보는 이마다 미소 짓지만
청구서 아니면 청첩장이나 쌓일 뿐인
심심한 우편함

오늘은
오랜만에 손 편지를 쓰다

- 집배원 아저씨
우편함에 물새가 둥지를 틀었어요
우편물은 돌담장 위에 놓아 주세요 -
다래나무 넝쿨에 편지를 매다는데
포르릉~

물새는 우편함에서 튀어나와
호수 쪽으로 날아가고

아직 씨 뿌리지 못한 텃밭엔
잡풀 먼저 무성한데
야생벌들은 하필 내 집 출입문 위에
저희들 집을 짓다
머지않아 개구리들이
집 안으로 뛰어들 것이다

내일은 우편함 닮은 새집
몇 채 더 지어야겠다

겨우 겨우 존재하는

쥐똥나무 울타리 그늘에
꽃 한 송이 피어 있다
그늘을 벗어나려는 안간힘으로
양지쪽 향해 구부러져 벋은
가늘고 긴 줄기 끝
황금빛 꽃 한 송이

한참을 들여다보고 나서야
아주 작은 쑥갓 꽃임을 알았다
시나브로 떨어진 씨앗 한 톨
쥐똥나무 울타리에 숨어들어
가까스로 싹을 틔우고
울타리 밖 햇볕 쪽으로
한사코 꽃대를 밀어낸 것이리라

터무니없이 작고 메마른 몸피로

제 생애의 이력을 들려주는
한 포기 생명 그러나
씨앗을 품지 못할
겨우 겨우 존재하다 스러질

오로지
나 혼자서만 기억해줄
꽃

그리움의 본색

노을 등지고 산사 내려올 때
등 뒤로 울려 퍼지던 범종 소리
자갈밭 적시는 먼 바다 파도 소리
빈 항아리 휘돌아 나오는 바람 소리
가을바람에 수수 잎 서걱거리는 소리

가슴에 고인 아름다운 소리
풀어보라 하기에 취중에
주섬주섬 주워섬긴 것이었으나
아무래도 취기가 부족했던 것

노올자, 노올자, 담장 너머로
동무들이 부르는 소리
와릉따릉, 타작마당 탈곡기 소리
덩덩 덩덕쿵, 순자네 마당 푸닥거리 소리
그대 나이를 버어리고 어느 놈의 품에 갔나~

동네 오빠들 불량기 뽐내던 '검은 상처의 블루스'
'눈물 없이는 볼 수 없는 시네마스코프 총천연색'
군 공관 영화 선전 차량 스피커 소리

저 소리들을 풀어냈어야 했던 것
아름답지 않았으나 어느덧
그리워서 아름다워진

내 마음의 보리밭

고층아파트며 불가마 사우나가 들어선
저 휘황하면서도 썰렁한 동네는 원래
내 옛 직장 3층 회의실
창문 너머로 보이던 야산이었다
특별할 것 없는 풍광이었으나
지루한 회의 시간 견디려고
바라보다 그만 정이 들고 말았다

밭으로 개간한 산자락에
보리 싹 파릇한 이른 봄
보리밭 사이 조붓한 비탈길
눈으로 더듬어 올라가면
잡목 숲 뒤에 거느리고
개나리 울타리로 꽃단장한
낡은 함석집 한 채
아기를 키우는지 마당 빨랫줄엔

새하얀 기저귀 펄럭이고

어느 날
개발을 알리는 팻말 꽂히더니
푸른 보리밭과 붉은 지붕
노란 개나리와 새하얀 빨래
거짓말처럼 사라져버렸다

지상에서 사라진 그 산을
가끔씩 내 안에서 만난다
봄 아니어도 개나리꽃 눈부시고
바람에 나부끼는 하얀 빨래
보리 이삭은 내 안에서 자라
푸르게 출렁, 출렁인다

꿈꾸는 영산홍

그 해 겨울이 그리도 모질었음인가
온실 속 분재 화분에서 풀려나와
볕 바른 돌담장 아래 뿌리를 묻던
첫 봄, 진분홍 꽃 몇 송이 피우고는
봄이 와도 꽃 피우지 못하는 영산홍

어렵사리 이파리 몇 장 틔운 뒤로
잎도 꽃도 감감, 죽은 줄 여겼더니
어느 해 봄
메마른 줄기에서 곁가지들 벋어 나와
초록 빛 이파리 돋아나다

올봄에 가만 살펴보니
사방으로 벋은 곁가지 중
남쪽으로 벋은 가지 하나가 유난히 굵다
고사枯死해 버린 원줄기 대신이려니

꽃피울 여력 아직 없으나

혼신의 힘으로 이파리들 싹틔워

이렇게 살아 있다고, 언젠가는

눈부신 꽃송이 피워낼 거라고

꿈꾸며 투병 중인

나의 영산홍

봄 밤

포릉 포릉 포르르릉
해마다 찾아와
라일락 꽃봉오리 흔들어 주던
작은 새 한 쌍
라일락 꽃 지도록 오지 않는
봄

두메양귀비 한라 쑥부쟁이 지리산 패랭이 꽃

뒤뜰에 한 번 피었다가
제 고향으로 돌아가 버린
꽃들의 이름 쓸쓸히 불러보는
말할 수 있는 그리움으로
말할 수 없는 그리움 견디는
봄 밤

안부

.

많이 힘들었다는 소식

뒤늦게 전해 듣는다

가까이 있었다 해도

어쩔 수 없었으련만

그저 지켜볼 수밖에 없었으련만

깊이깊이 묻어둔 아픔이

딱지 내렸던 슬픔이 덧난다

내 아픔이 너의 슬픔

덧나게 한 적도 있었음을

비로소 생각한다

내 삶은 아직 견딜 만하고

너는 여전히

견디기 힘든 사람들 곁에

존재의 가장 낮은 곳

우리 비로소 만나게 될

삶의 바닥은 어디

백일홍에게

여름 꽃 떠나간 가을 뜨락
백일홍 꽃빛 얼핏 붉어도
가까이 들여다보면
점점이 퇴색

나 오로지
단명의 꽃들만 사랑했었다
시들기 전에 훨훨
나비되어 떠나는 복사꽃 배꽃
단명의 아름다움만을 사랑했었다

노추의 질긴 세월 역겨워
짐짓 외면했던 백일홍
떠나지 못하는 꽃잎의 마음
빛바랜 여생마저
'꽃'이라는 이름으로 묶이는 슬픔

그때는 헤아릴 수 없었음이니

품속의 씨앗 여물어 떠날 때까지
꽃이여
우리가 견뎌야 할 퇴색의 세월
아득하여라

개똥참외

늦여름 묵정밭에
난데없는 참외덩굴
봉퉁아리진 개똥참외 서너 알
느릿느릿 익어간다

우리 아니면
먹어줄 사람도 없겠죠?
함께 가던 사람
싱긋이 웃으며
촉촉이 이슬 젖은 참외
하나 따서 슬며시 쥐어준다

개똥참외는
못 먹는 참외라던데
껍질 벗기고
한 입 베어 무니

뜻밖에도

아삭하고 삽상한 맛

때깔 좋고 달콤한 세상일수록

볼품없는 개똥참외 그립다

존재의 기쁨

바위 밑 외진 곳에
메꽃 한 떨기

잠시 머무는 햇볕 한 줌
어쩌다 스미는 빗물 몇 모금
소중히 그러모아 꽃을 피우고
한 줄기 바람에도 기꺼워하며
그저 가만히 존재할 따름

가만히 있어도 향기로운
작은 우주
존재의 기쁨으로 눈부신
저 풀꽃의 미소를
그대에게

가진 것 이룬 것 없다

슬퍼하는 그대에게

살림살이 팍팍해도

주인도 물건도 졸고 있는 가게 앞
허름한 고무 다라 플라스틱 화분 가득
맨드라미 백일홍 분꽃이 피네

푸성귀라도 심어야 할 자리에
꽃을 심은 마음

대낮에도 햇볕 들지 않는
골목 시장
손님이 없어도 환하다

가을 민들레

여위어가는 햇살
여기 늘 쉬었다 갔나보다

봄꽃 홀씨 되어 날아간
민들레 어미그루에
새로 피어나는
가을꽃 한 송이

저무는 계절의
처연한 숨결

제 3 부

사랑의 마키아벨리즘 1

사랑한대 글쎄 그년을 사랑한다는 거야
내가 무섭대 무서워서 여자 같지 않아서 나랑 살고 싶지 않대
어떻게 이럴 수가 있어? 어떻게 그 인간이 나한테
이럴 수가 있냐고

이런 개 같은!
너 아니면 안 된다고 죽자 사자 쫓아다닐 때는 언제고
이제 와서 뭐?
니가 왜 이렇게 됐는데 이게 다 누구 때문인데!
새끼들은 또 어떡하라고

다 필요 없대 그년만 있으면 된대
집도 통장도 새끼도 다 나한테 주겠다고
제발 그년한테 보내만 달라는 거야

얼씨구 그거 잘 됐네

가라지 뭐, 다 던져주고 빈 몸으로 가겠다는데 누가 말려

사랑? 웃기네 정말

(코고는 남편 옆에서) 마키아벨리의 군주론을 읽는 밤, 문
득 호프집에서 엿들은 두 여인의 대화가 떠올라 다음 구절에 밑
줄을 긋다

─ 사랑과 두려움 중에서 굳이 하나를 선택해야 한다면 사랑
을 받는 것보다는 두려움을 받는 것이 훨씬 더 안전하다. 인간
은 두려움을 불러일으키는 자보다는 사랑을 받는 자에게 해를
끼치는 존재이다. ─

사랑의 마키아벨리즘 2

사랑?

그런 게 정말 존재한다고 생각해?

소유욕과 욕정의 다른 이름일 뿐이야

누군가에게 기대고 싶은 의타심, 주체할 수 없는 열정을 미화하려는

다른 동물보다 숭고한 존재이고 싶은 인간의 허영심이 만들어낸 말장난

권력욕, 명예욕, 지배욕, 물욕, 그거 다 애정결핍증이 낳은 일란성 쌍생아들이고

인간들이 왜 이루어질 수 없는 사랑에 더 목매고 집착하는지 알아?

가질 수 없는 존재에 대한 열망이라는,

인간의 욕망 중 가장 강력하고 끔찍한 감정에 몰입하여

온갖 귀찮고 부담스럽고 골치 아프며 지질한 욕망과 의무를

잠시나마 잊고 싶은 거야. 뽕 맞은 중독자처럼, 아주 잠시 황홀했다가 깨어날지라도

너와 그, 감정의 유효기간이 서로 달랐을 뿐

진실과 거짓의 문제는 아니야

그러니 제발, 확인하려 들지 마. 네가 준 게 진짜면 됐지, 사
랑이면 됐지

아, 내가 말을 바꿀 게. 사랑, 그거 나도 인정해

영원한, 아름다운, 오로지 나만을, 따위의 수식어만 떼어낸다면

우황청심환

그렇게 혼자 끌탕하지 말고 할 말은 좀 하고 살아라 답답하다 정말, 지금이 무슨 조선시대도 아니고

조선시대? 그 시대에도 남편 꽉 잡고 시어머니 구박하며 산 여자 있었다더라 앤 처음부터 남편을 잘못 길들인 거야

안 그래도 나 폭발했었다 신들린 것처럼 할 말 못할 말 다 터져 나오더라 그동안 쌓이고 맺힌 얘기 다했어

그랬더니?

선불 맞은 짐승처럼 펄펄 뛰면서 분노하더라 기억에도 없는 지난 일들을 왜 들추냐는 거야

남잔 원래 기억 못해 시시콜콜 담아놓고 있는 여자만 속 터지는 거지

68

남자여서가 아니라 가해자라서 그런 거야 남자들도 제가 당한 분한 일은 죄 기억하고 있더라

최선을 다해 열심히 살아온 가장한테 무슨 불만이 그렇게 많으냐고, 네가 해주는 밥 더러워서 안 먹겠다며 차를 몰고 나가버리더구나

마누라야 곪아 터지거나 말거나 자기만 괜찮으면 된다 그거지 누군가를 위해 밥상차려 본 적 없으니 밥상 알기를 우습게 알고

근데 이틀도 안 돼 돌아와서는 몸져눕는 거야 가슴이 빠개질 듯 아프고 죽을 것 같다기에 덜컥 겁이 나서 우황청심환까지 찾아다 먹였지 뭐냐

그렇게 펄펄 뛰다가 의기소침해졌다는 건 네 말이 구구절절

맞다는 걸 알기 때문일 거야 알지만, 자존심 때문에 인정하기 싫은 거지

　그런 꼴을 보고 있자니 어처구니없고 속상해서 밥도 안 먹히고 잠도 안 오는데 이 남자, 말로는 죽고 싶다면서 마누라가 굶고 해주는 밥 따박따박 잘 받아먹고 잠도 잘 자는 거야

　남자들 그렇지 뭐 그렇게 멋져 보이고 가슴 뛰게 하던 남자들, 이제와 생각해보면 탐나는 인간 하나도 없더라 남편? 한마디로 내가 너무 아깝지 결국 이거 깨닫자고, 결혼하고 밥해주고 애 낳고 여기까지 온 거지 뭐냐

　그래도 결혼 안 했으면 지금쯤 외롭네 어쩌네 하면서 후회하고 있겠지?

　어쨌든 너희들, 우황청심환은 늘 지니고 있어야 한다 우리한

테 뭔 일 생기면 남편들이 그게 어디 있는지 알고 찾아다 주겠니?
쌀독이 어디 있는지도 모르는 남자들인데

　우황? 그거 여기 있다 (가슴을 두드리며) 내 안에 이미 들어
있다고!

친구

장지까지 따라갔었다고?
가족들이 있는데 굳이 너까지

내가 아무리 슬픈들
남편이나 피붙이들보다 더 애통절통일 수 없다는 거 나도 알아
넋 나간 남편, 피를 토할 것처럼 통곡하는 아들, 에휴~ 마음이
찢어지더라 찢어져

걔가 워낙 현모양처였잖아
그렇게 예쁘고 재주도 많던 애가 시집가서는 아주 무수리로
살았지
식성 까다롭고 예민한 남편에 몸 약한 외아들 건사하랴, 시댁
챙기랴, 제 몸 상하는 줄도 모르고

그래 바로 그거야
그 애를, 당연히 나보다는 그들이 더 그리워하겠지만 그들 기

억 속에서는 무수리

가없는 헌신과 봉사, 입에 딱 맞는 음식, 편안하고 쾌적한 안
식처

무슨 소리야 그게?

걔 남편이 마누라 없이 살아갈 걱정, 아들 결혼시킬 걱정에 한
숨 푹푹 쉬는 걸 보고 생각했어

내 친구에 대한 이 사람의 그리움은 구수한 된장찌개나 잘 빨
아서 다린 와이셔츠, 넥타이 매어주던 손길, 그런 것이겠구나

그게 왜 어때서?

내 그리움은 다르거든
남편과 아들이 보지 못한 그 애의 풋풋하고 발랄했던 옛날,
이슬이슬 위태로웠던 순수함, 이루지 못했지만 아름다웠던

꿈과 이상을 나는 아니까

　세월이, 현실이 흐려놓은 그 애의 원판을 나는 생생하게 기
억하니까

갑이 아니라고 말할 수 있는 자 누구인가?

어이, 이봐! 여기 상 좀 빨리 치우고 물수건도 가져오고

에이 씨팔, 열 받아 죽겠는데 날씨까지 드럽게 덥네 이놈에 식당은 에어컨도 없이 장사하나?

서민 식당이잖유 서민 식당

밥 한 그릇 팔아봤자 몇푼 남는다구 장사두 안 되는 불경기에 뭔 에어콘씩이나 튼대유?

물수건 여깄구유 메뉴는 저 짝 벽에 붙어 있응께 주문이나 어여 허세유

메뉴고 나발이고 나, 바쁜 사람이니까

아무 거나 빨리 되는 거로 얼렁얼렁 가져 오쇼! 에이 씨팔, 상은 또 이게 뭐야? 닦으려면 제대로 닦을 것이지 (젠장, 거래처 접대하러 간 사장 놈은 시원한 식당에서 폼나게 먹고 있을 텐데)

그 손님 참 까탈스럽기두 허네

75

종로에서 뺨 맞구 한강서 눈 흘긴다던디, 무슨 기분 나쁜 일 있었슈? 왜 여기 와서 이런대유? (반말에 쌍욕에 아주 진상이여 진상)

알 거 없고! (꼴같잖은 직장, 먹고 살자니 때려치울 수도 없고 아니꼽고 더러워서 정말)

티브이나 틀어 보쇼 젠장 그런 거 말고 스포츠 중계나 뉴스! 뭐냐 저건?내 저럴 줄 알았지 밀어내기는 남양유업만 하는 게 아니라고 아무튼 갑질하는 것들은 죄다 에이, 반찬이 이게 뭐야? 젓가락 디밀 데가 없네

갑질 그게 뭔다유? (나두 안다 이 늠아 니가 여기서 허는 짓거리가 바루 갑질이지 뭐여)

이봐 여기 계산! 근데 이 식당 안남미로 밥하쇼? 아니면 중국산?

안남미? 그게 무슨 소리래유? (좋은 쌀 쓰믄 이 돈 받어갖구 타산이 맞겄냐?)

밥맛이 영 더러워서 하는 말이요 에잇! 이놈에 식당 다시 오나 봐라

하이고, 밥맛이여 증말
근디 이 여편네는 배달 나간지가 원젠디 아직두 함흥차사여? 싼 맛에 쓰긴 헌다만 속 터져 죽겄네 죽겄어 장사두 안 되는디 요번 달까지만 쓰구 자르던지 히야지 원 부려먹기 힘들어서 (궁시렁궁시렁)

빈 칸

십여 년 지녀온 낡은 지갑을 오늘 버렸습니다.

그다지 쓰일 것 같지도 않은 이런 저런 쪽과 카드, 명함까지 꼼꼼히 챙겨 새 지갑에 옮기고도 혹시나 싶어 헌 지갑 샅샅이 뒤지다가 지퍼 속에 숨어있는, 있는 줄 알았더라면 요긴하게 쓰였을 작은 칸 하나 찾아냈습니다.

십여 년 지녔던 낡은 지갑을 쓰레기 태우는 불길 속에 던졌습니다. 시효 지나거나 인연 다한 카드와 명함들도 던졌습니다. 던지고 돌아설 때 한 번도 쓰이지 못한 빈칸에게 미안했습니다. 헤어진 인연들의 숨은 칸에 대해서 생각했습니다.

내 안에도 당신에게도 아무도 모르는 작은 칸 하나 숨어 있을지 모릅니다. 그러나 괜찮겠지요. 쓰이지 않는 빈 칸 지니고 살아가는 일 때로는 쓸쓸하겠지만 닳지 않은 순결한 빈 칸 남몰래 지니고 살아가는 것, 어쩌면 은밀한 기쁨 아닐는지요.

엄마의 창

구멍 난 양말을 깁거나 뜨개질을 하는 짬짬이 엄마는 창밖을 내다보셨지

춥고 바람 부는 북쪽으로 난 엄마의 창, 어린 내 눈에 비친 창밖 풍경은 아름답지 않았어

함지박 이고 힘겹게 언덕길 오르는 허름한 아낙네이거나 갈지자로 비틀거리며 건공중에 삿대질을 날리는 욕쟁이 할아버지, 연탄 수레 끄는 사내의 남루한 옷소매

쏫쏫- 저 애기 엄마는, 저 영감님은, 혈육이라도 되는 양 그들의 내력을 구구절절 꿰고 있는 엄마의 애달픈 어조가 왠지 싫었어

엄마, 나는 춥고 우울한 엄마의 창이 싫어요. 산뜻하고 화려한 나만의 창을 갖고 싶어요.

엄마의 집을 떠나온 나에게 펼쳐진 세상은 늘 햇살 가득한 나날이어서 창문이 달린 집 따윈 필요치도 않았어 향기롭고 눈부신 날들이 흘러간 후 춥고 바람 부는 거리에서 비로소 깨달았지

내가 탕진해버린 모든 것들이 엄마에게서 훔쳐온 것임을

지친 몸 기댈 방 한 칸 얻지 못한 채 엄마의 집으로 돌아왔지

엄마는 깁던 양말을 잠자코 건네주시고는 남쪽 뜨락으로 난
작은 들창을 활짝 열어 보이셨어

아! 내가 꿈꾸며 그리던 풍경들이 거기 펼쳐져 있었던 거야.
네가 돌아왔으니 이제 그만 쉬고 싶구나 엄마는 들창 쪽을 향해
누우시고 나는 슬그머니 양말을 깁기 시작했어 여전히 춥고 바
람 부는 북쪽 창밖을 짬짬이 내다보면서

밥상

오늘 아침 신문 〈지구촌 풍경〉은

사라예보를 함께 탈출하려다 총격을 맞고 숨진 이슬람계 「아드미라」와 세르비아인 「보스코」두 연인의 비극을 '민족 증오 벽 못 넘은 슬픈 사랑'이라는 제목으로 전하다. 울컥한 심사로 '민족 증오 벽 못 넘은 슬픈 사랑' 지우고 '죽음으로 지킨 사랑'이라고 고쳐 쓰려는데 빠끔히 열린 화장실 문틈으로 퉁명스러운 목소리가 불거져 나온다. 어이, 신문 가져와!

남편이 조간신문을 뒤적이는 동안

서둘러 아침 식탁을 차리는데 짜증과 막막함이 가슴을 짓누른다. 목숨보다 소중하고 애절한 사랑, 우리에게도 있었으나 지금 우리의 나날을 지배하는 건 '밥상 차리는 여자와 밥상 받는 남자'라는 전통과 관습의 굴레. 사랑이라는 이름으로 만났으나 법보다 더 무서운 가부장적 질서의 힘으로 굴러가는 일상 속에 사랑은 없다.

「아드미라」와 「보스코」 그들이 탈출에 성공했다면

죽음을 무릅쓴 사랑 무덤까지 지니고 갈 수 있었을까? 인종과 종교의 벽보다 관습의 벽이 더 암담하게 다가오는 아침 출근길. 남성의 영역이었던 밥벌이를 여성에게도 허용(종용)하면서 부엌일은 여성의 영역으로 계속 묶어둔 세상 법도에 새삼 경의를 표하면서 안전벨트를 맨다.

사랑은 없다? 이 말은 아무래도 심한 것 같으니

'관습의 벽 못 넘는 슬픈 사랑'이라고 해둘까? 아니다. 나에게 는 못 넘는 벽이겠으나 남편에게는 안 넘는 벽, 넘고 싶지 않은 벽. 그렇다. 역시 사랑은, 없다.

성형외과

조물주의 편애, DNA의 불평등을 해결해드립니다.

시원한 눈매와 상큼한 콧날, 도톰한 입술과 갸름한 윤곽을 창
조할 수 있지요.

잃어버린 젊음도 복원해드립니다.

구겨진 면은 판판하게, 무너진 선은 팽팽하게, 늘어진 근육도
당겨 올릴 수 있지요.

그러나 칼날과 이물질로 지워진 당신의 세월, 망가진 원판은
복원되지 않습니다.

아름다워진 혹은 팽팽해진 당신의 얼굴은 당신의 옛날과는
영원히 재회할 수 없습니다.

당신의 옛날이 달라진 당신을 알아보지 못하므로 젊은 날로
온전히 돌아가지 못합니다.

원판을 지니고 있다면 누구라도 가끔은 젊어질 수 있지요.

사람들 얼굴에 이따금 나타나는 옛 모습, 수십 년 세월을 한꺼

번에 뛰어넘는 놀라운 복원력, 평범한 얼굴도 때로는 아름다워

지는 표정의 생명력, 그 단순한 비결을 설마 모르시는지요.

노인정 난상토론 1

혼인 꼭 혀서 자식 나야 헌다 그게 여자에 의무다

방송통신인가 신퉁방퉁인가 그 위원장 양반 말씀이 워디가 워뗳다구 난리들이여? 난리가

왜 아니여?

여자는 직장보담 가정이 우선이다, 현모양처가 디야 헌다, 천 방지축 나대는 요새 것덜 새겨 들으야 쓸 말이더면

허이구 참 한가헌 소리덜 허구 앉었네 그려

현모양처 디기 싫은 년 워디 있구, 멋루다 직장 댕기는 년 멫 이나 되겄어 안 그려두 맞벌인지 밥벌인지 허느라구 심들어 죽 겠는디, 높은 자리 앉은 양반이 그따우 물정 모르는 소리나 허니 께 열 받어서덜 그러는 거 아닌감?

그건 그려, 우리 집만 혀두 그렇지

메누리가 지 좋어서 새끼 떼놓구 공장 댕기간디? 늙은 에미가

85

손주새끼 보느라구 등골 휘는디두 지 각시 보구 그노무 공장 때
려치라구 못 허는 아들놈 속은 또 워떻겄어?

　말허믄 뭣혀?
　그러니께 최 위원장 그 냥반이 그러키 말했다잖어 탄탄헌 냄
편허구 재력이 있으야 여자가 행복허다나 워떻다나

　엠병! 아 그걸 누가 모른댜?
　몰러서 이러구 사는 중 아남? 최시중 그 냥반이야 탄탄허구 재
력 있으니께 지 여편네 지 메누리 어련히 호강 요강이겄어 그러
믄 됐지, 읎는 놈들 염장 질르는 거여, 뭐여?

　메누리는 잘 모르겄구
　그 냥반 딸 둘이 다 이대 나온 여자랴 졸업허자마자 시집보냈
다는디 오죽이나 잘 보냈겄남

어이구 지랄, 취직두 안 시킬 거믄

대학은 뭣 허러 갈쳤댜? 써먹지두 않을 간판 따느라구 비싼 등
록금만 처발렀구먼 그려

부자덜이 취직자리 때메 딸 대학 공부 시키남?

시집 잘 보낼라구 간판 따는 건디 그깟 등록금이 문제겄어?

그러니께 허는 말 아녀

있는 것덜은 즈이끼리 혼인허지 읎는 집 아들 딸 쳐다나 보남?
읎는 사람끼리 살어야 허니께 맞벌이 안헐 수 읎구 요새는 여자
두 직장 읎으믄 시집가기 어렵다잖어

취직두 힘들지

시집 장가두 힘들지 애 낳아두 지대루 키우구 갈치기 힘들지
갈수록 답답헌 시상이여 우덜이야 그럭저럭 살다 가믄 그만이지
만서두 젊은 것들이 딱허지 뭐여

허이구 원제는 뭐, 시상 참 좋아졌다구 늙는 게 억울허다더니?

아, 그거야 그 때는

좋아지긴 좋아졌지
옛날 같어봐 이러키 널찍헌 회관이 워딨구 봄 가을루다가 효
도관광이 워딨어 그런디 산 넘어 또 산이라구 암만혀두 나뻐진
게 더 많은 것 같어

우덜끼리 여기서 백날 떠들어봤자여
정치가 지대루 되야지 그러니께 지발 표덜 잘 찍으라구

표는 무신
그놈이 다아 그놈인디 누굴 찍으라는 겨?

그놈이 그놈 같어두 그게 아닌 겨

감나무 집 딸 점 보라구 겉만 번드르헌 놈헌티 시집갔다가 오늘날 팔자가

뚱딴지 같이 웬 팔자타령이랴? 선거허구 혼인허구 뭔 상관이라구

상관이 왜 읎댜? 그게 다 사람 고르는 일이구 내 신세 맽기는 일인디

노인정 난상토론 2

거 채널 점 돌려 봐 뉴스 볼 거 뭐 있다구

맨날 즈덜끼리 쌈박질 허거나 돈 떼먹구 사기치구 그런 거 보
느니 앗싸리 막장 드라마가 낫지

내비 둬 재 좋아허는 박그네 대통령 나왔잖여

쟤가 누구냐 작년 대선 때 유세장 쫓어가서 박후보허구 사진
찍어갖구 와설랑 동네방네 자랑허구 댕겼잖냐 히히 이쁘긴 진짜
이쁘네 옆이 서있는 여왕이 팍 죽네 죽어

에리자베쓰 여왕두 젊어서는 이뻤어

지금이야 워낙 고령이니께 그렇지 히야 우리 대통령 한복 맵
시 끝내주네 저 나이에 참 저 정도나 되니께 늙은 놈들이 사진 찍
자구 난리덜 쳤지

지랄덜 허구 있다 돼지두 인물 보구 잡을 놈덜이여

아 저 여자덜이야 평생을 넘이 수발 받으면서 좋은 거만 먹구

입구 가꿨는디 워디 이쁘기만 허겄어?

　고상허구 우아~헌 건 당연지사지

　그건 그려 박통 이쁘다구 좋아허는 저눔 색시두

시집 올 땐 여간 이쁘구 음전했냐? 소갈머리 읎는 저눔허구 사

느라구 몸고생 마음고생 허다봉께 찌그러지구 망가진 거지

　얼래? 내가 뭐랬다구 나헌티 불똥이 튄댜?

　몸고생은 몰러두 마음고생 안허는 사람이 워딨간 박통 저 냥

반만 혀두 어린 나이에 양친부모 잃구 소녀가장 된 거 아녀? 그때

미 우리 동네 아짐씨덜이 모다 그냥반 찍은 거 아녀 불쌍허다구

　무신 소녀가장이여?

　재산두 많은 디다가 동생들두 다 컸구 삼십 가차운 나이였는

디 대통령 허겄다는 사람이 엄살두 참, 그려 워쨌거나 양친 다 비

명횡사혔응께 인간적으루다 불쌍헌 건 맞어 그래두 나라 맽길

사람 뽑는디 불우이웃 돕기 허듯 그러믄 쓰겄남?

　불우이웃 돕기가 아니여
　다 그럴만 허니께 뽑힌 거여 그냥반이 누구 딸이여 똥구녕 째
지게 가난허던 우리나라가 이만큼 살게 된 게 다 누구 덕이냔
말이여

　하이고 답답, 독재를 혔잖여 독재
　가난 구제구 뭐구 워쨌건 장기집권혔잖여 반대허는 사람들
가두구 고문허구 빨갱이루 몰어 쥑이구 사람이 배만 안 곯으믄
사는 겨? 자유가 있어야지, 자유가

　국으루다 가만 있었으믄 그런 꼴 당혔겄어?
　쓸디읎시 잘난 척허구 나랏일에 초치구 대들었으니께 당헌
거지 그라구 그 시절이두 자유가 읎긴 왜 읎어? 숨쉬구 먹구 자
구 돈벌구 놀구 다 혔는디 잘난 눔들은 워쨌었나 몰러두, 못 배운

나는 가난헌 거 빼놓구는 불편헌 거 하나두 읎었으니께~

내 말이 그 말이여

부하 손에 비명횡사헌 것두 원통헌디 배웠다는 것덜은 잘살게 해준 은공두 모르구 독재자라구 욕이나 허구 있으니 오죽허믄 그 따님이 출마를 혔겄어? 그러니께 국민덜이 뽑어준 거구

바루 그게 문제여

즈이 아버지 명예회복 허구 한풀이 헐라구 작심헌 사람을 대통령 시켜 놓으믄 워쩌냔 말여 인사가 만사라는디 즈이 아버지 밑이서 아부허던 늙다리 데려다 놓구 말짱 소인배덜만 갖다 쓰는디두 그런 말이 나와? 그, 잘살게 히줬다는 말두 그려 그게 워디 대통령 혼저 힘으루 되는 일인감? 잘산다는 건 또 뭐여 경제만 좋으믄 잘사는 거여? 너두 그러는 거 아녀 넘이야 워떻든 나만 안 불편허믄 그만이여?

아앗따 다덜 유식허네 그려

그러키 헐말이 많으면 국회루 가던지 난 티브이나 볼랑께 히
야 우리 대통령 불어만 잘허는 줄 알었는디 영어두 잘허네 이?
참 대단헌 양반이여

발음두 아주 좋다넌디?

외국서 우덜보구
민주화 찾을 때는 원제구 독재자 딸을 뽑았다구 숭본다더니
그것두 아닌개벼 저러키 환대받는 거 보면

속 읎는 소리덜 허구 있다
다른 나라 대통령덜은 외국어 헐 줄 몰러서 즈이 나라 말루다
연설허는 줄 아남? 통역은 뒀다 뭐허게? 그러구 외국어를 허구
못허구 발음이 좋구 나쁘구 그게 문제가 아녀 내용이 문제지 아
외국에서야 넘이 나라 대통령 누구면 무슨 상관이여 즈이들 경
제에 이문되는 거만 앵겨주믄 환영이지 이 나라나 넘이 나라나

그저 돈, 돈, 돈, 경제적으루다가 잘살게만 히달라구 난린디 잘살
게 히줘야 표를 받으니께

위쩐지, 베트콩 나라에 가서두 환영을 받더라구
우리나라 군인들 보내서 베트콩 때려잡게 헌 사람 딸이 갔는
디두 말이여 그나라두 목구멍이 포도청이라구 경제적으루다 협
력만 받으면 된다 그거구먼 그러니께 그, 외교라는 게 그게 다 장
삿속이네 그려

암만, 장삿속 때미 환영허지 옳구 이뻐서 환영인감?

원래 높은 것덜, 있는 것덜끼리는 한통속이여
즈이덜끼리 힘 겨루구 이해상관 따질 때는 헐뜯구 으르렁거
려두 결국은 즈이덜끼리 악수허구 놀게 돼 있는 거

싸워두 직접 싸우남? 아랫것덜 시켜서 싸우게 허지

그러니께 느덜두 입씨름 그만 허구

테레비두 그만 끄라구 아, 나라 꼬락서니는 뒤숭숭헌디 저냥
반은 워쩌자구 아닌보살루다가 넘이 나라루만 싸돌어댕겨쌓는
거 방송국 저것덜두 그려 대통령이 연설허구 회담헌 내용이 뭔
영양가인지는 짜시짜시 안 알려주구, 한복맵시가 워떠니 영어
발음이 저떠니 객쩍은 호들갑이나 떨어쌓구

사람이나 푸성귀나

아침나절부터 워딜 그러키 급허게 가는겨?

배차 때미 종묘사에 따질 일이 있어서유

배차만 실허더먼, 따지긴 뭘 따진댜? 올엔 돈 점 만져보겠던디

아이구, 몰르는 말씀 마시유 돈은커녕 아주 망했당께유
당최 뭔 조화 속인지 배차가 씁쓸허구먼유 그걸 워따가 팔어
먹는대유?

이? 가만있자, 그 배차 혹시 담배 밭이다 심었남?

맞어유 담배 밭, 근디 그걸 워찌 알었대유?

참외 밭 배차가 달고 꼬숩지, 담배 밭 배차는 원래 쓴 벱이여
사람이나 푸성귀나 다아 같은 이치 아닌가베

감자밭 사설

참말루 조화 속이여
한 뿌럭지서 났넌디 워떤 놈은 열사흘 달뎅이 같구, 워떤 놈
은 제우 밤톨만 허구

아~따 무신 걱정이랴?
감자탕 지대루 끓일라믄 묵은지랑 돼지 뼈에다가 요 굵은 놈
이 들어가야 허구
진간장으루다 짭쪼름허게 졸여서 밥반찬 헐라믄 자잘~헌 놈
이 안성맞춤인디
다 똑같으믄 워쩌게?

그럼 그럼,
크믄 큰대루 작으믄 작은대루 다아 쏨새가 있당께
크두 작두 않은 요 중간 놈은 쪄먹기 따악 좋구
버릴 거 하나 읎당께 그려

98

김장학개론

김장 김치엔 청각이 들어가야 톡 쏘는 맛이 나는 벱인디
아 그놈에 청각이 여간 비싸야 말이지 시상이 원
얼마 전까지만 혀두 갯가에 흔허디 흔헌 게 청각 아니었남?

왜 아니래유
요새는 바다구 개펄이구 죄 오염돼갖구 청각 한 줌 따기가 그
러키나 어렵다네유
워디 청각 뿐인감유? 생새우 값은 또 월매나 올렀는지

아아따 무신 걱정?
뭐니 뭐니 혀두 간만 맞으믄 다아 맛있는 벱이여
간수 좍악 빼가지구 서너 해 묵힌 국산 천일염에 태양초 고춧
가루믄 되았지
까짓 거 청각이니 생새우니 안 넣으믄 워떻간 꼭 비싼 양념 처
발러야만 맛이간?

그건 그류 흐흐흐

그러구 봉께 우리 성님, 맨날 아주버님 숭보면서두

위쨌든 간이 맞으니께 사는 거 아뉴

그 뭐시냐 국산에다가 태양초 고추, 거시기 그

쓸디 읎는 소리!

서방허구 간 맞어서 사는 년 멫이나 된다구

짜네 싱겁네 그거 다 배부른 투정이여 얼레?

동상은 웬 손이 그리 걸지댜 그러키 꽉꽉 집어 늫다간

속 버무려 놓은 거 일치감치 동나게 생겼네 그려

아이고~ 위쩐댜?

수다 떨다 보니께 그만 근디 성님, 저는 너무 히퍼서 탈이구유

저 막내 좀 보세유 속 아까워서 벌벌 떠네 벌벌 떨어

위쩐디야? 내 껀 너무 짜구 막내는 너무 싱겁게 생겼으니

히히히, 위쩐대유?

셋째 성님이 너무 히프니께 저라두 애껴야지
안 그러믄 김치 속 모자르게유?

그려 그려 되얐어
항아리 들어가 어우러지믄 다 그 맛이 그 맛이여
짜지두 싱겁지두 않은 묘한 맛이 될 거라 그 말이여
그러니께 걱정덜 허덜 말구 수육이나 멫 점 쓸어와 봐
막걸리 한 모금씩 걸치구 쉬엄쉬엄 일허자구

부녀회 관광버스 막춤

그러니께 뭐시냐

시방 우리더러 무식허다 교양 읎다 그 말인감유?

그림거튼 소나무 수풀 끼구 아슬아슬 고갯마루 넘어가는

관광삐스 창 밖으루다 시퍼런 바닷물이 조로코롬 넘실대는디

유행가 가사처럼 뽀오연 물거품이 환장허게 밀려와쌓는디

조신허니 앉아서 경치나 우아~허게 감상혈 일이지

무신 뽕짝메들리에다가 볼썽시런 막춤이냐 그런 말이쥬?

됐시유 일 읎시유

우리네야 허구헌 날 호미자루 움켜쥐구 쭈구려 앉아서

콩 심구 김 매구 그러구 살었지, 원제 한가허게 그림 귀경이나

허구 살어봤간유 바다보담 짜구 막막허구 시퍼런 날들두 물거품

처럼 야속허구 허망헌 날들두 다 히쳐왔넌디, 굽이굽이 넘어온

세월의 고갯마루가 몇 굽이인디

저딴 그림이 뭐시가 그러키 대단허겄슈 안 그류?

102

그럼유 그럼유

　어질어질 넘어가는 요 고갯길이다가 가슴 미어지구 복장 터지는 우리덜 사연이나 서리서리 풀어놓구

　그러구두 남는 거 있으믄, 환장허게 시퍼런 조 바다 속 깊이깊이 묻어놓구 갈 거구먼유

　그럼유 그럼유 맺히구 쌓이구 답답헌 가슴 풀리구 풀리구 풀릴 때까정 기운껏 찌르구 비틀구 흔들 거구먼유 앗싸 앗싸 아~ 앗싸

꿈꾸는 유토피아, 밥상과 들꽃

강병철(소설가)

춥고 우울한 엄마의 창이 싫어요. 산뜻하고 화려한 나만의 창을 갖고 싶어요. 엄마의 집을 떠나온 나에게 펼쳐진 세상은 늘 햇살 가득한 나날이어서 창문이 달린 집 따위 필요치도 않았어. 향기롭고 눈부신 날들이 흘러간 후, 춥고 바람 부는 거리에서 비로소 깨달았지. 내가 탕진해버린 모든 것들이 엄마에게서 훔쳐온 것임을

- 「엄마의 창(窓)」 부분 -

인생의 시계추 오후 네 시쯤의 도정에서 비로소 '엄마의 창'으로 돌아온 시인의 감회는 새롭다. 그러나 기실 아무 일도 일어나지 않았다. 시인은 남쪽으로 난 들창을 향해 편히 누운 엄마 대신 해진 양말을 깁기 시작했을 뿐이며, 이제는 시인의 창

이 된 엄마의 북쪽 창은 여전히 춥고 바람 부는 우울한 창이다. 헤어짐의 인연들이 그렇듯 피붙이의 눈길조차 받지 못한 채 별리(別離)를 맞이하기도 하는데 마지막까지 순간의 정황을 놓치지 않는 시인의 시선이 남다르다.

> 신열에 들떠 두둥실 흔들리면서
> 지리산 산 그림자 물에 어리는
> 먼 옛날 섬진강 나룻배 타고 건너다
> 가을 노고단 억새풀 되어
> 바람 끌어안고 흐느끼다
>
> -「천년의 노을」 부분 -

가장 가깝게 등장하는 소재가 '밥상'으로 통칭되는 '여자의 노동'이다.

'간신히 쌀 씻고 국 끓일 만큼 어설프게 아픈 몸'으로 하루를 시작하는 일상 속에서 차라리 몸져눕기를 소망하기도 한다. 빈 방에서 혼자 앓는 정황을 외롭다 느끼기는커녕 '홋홋이 누워 늘어지게 앓을 수 있는 것도 행복'이라고, 그러나 눈물겹다고 말한다. 약 기운과 신열에 들떠 엄마의 칼도마 소리를 불러오고 할머니의 콩나물시루 물주는 소리 너머 살구꽃 복사꽃 산도라지 보랏빛이 노을로 펼쳐진다.

105

목숨보다 소중하고 애절한 사랑, 우리에게도 있었다. 지금
우리의 나날을 지배하는 건 '밥상 차리는 여자와 밥상 받는 남
자'라는 전통과 관습의 굴레. 사랑이라는 이름으로 만났으나
법보다 더 무서운 가부장적 질서의 힘으로 굴러가는 일상 속
에 사랑은 없다.

-「밥상」부분-

이 땅의 '깨어있는 여성'은 헌신과 자존 사이에서 시계추
처럼 흔들린다. 특히 70-80의 도정을 지낸 그미들은 '박탈감
과 희생의 미덕' 사이에서 출구 없는 번민에 빠지는 것이다.
관성의 벽에 막힌 슬픈 사랑, 그것은 여성들에게는 '못 넘는
벽'이고 사내들은 관습과 통념을 방패삼아 은근슬쩍 '안 넘
는 벽'이다.

그 와중에도 사물에의 애틋함에 몰입하는 여성성이 여기
저기 드러난다.

홀로 일어나 밥상 차리는
고적한 겨울 아침
묵은 슬픔으로 깊어진 영혼들 앞에
공손히 무릎 꿇어 바치고 싶은
묵은 맛의 그윽함

- 「묵은 슬픔」 부분 -

수척해진 산나물도 겨울 물살에 풀어놓으면 단내 나는 봄
으로 되살아난다. 아직 풋내음은 돌아오지 않았지만 골짜기
마다 시린 물을 끌어올려 골다공증 관절을 세우느라 분주하
다. 묵은 몸 풀어내는 방식이 저마다 따로 건재하니 그게 연
륜의 관조다.

특별한 날 그건
지루한 일상을 달래는 깜짝쇼
진부한 삶에 바쳐진 한낱 이벤트

- 「특별한 일이 생길 것 같은 날」 부분 -

저무는 퇴근길 상호 이름을 추적하면서, 허방다리에 빠지
기도 했으나 절망조차 달콤하였던 청춘의 흔적을 더듬는다.
이순(耳順)의 도정에서는 그렇듯 슬픔의 언어도 품격을 갖춰
야 한다.

개울가에 쪼그려 앉은
작은 계집아이
물살에 실려 하염없이 떠가는

꽃 이파리 풀 이파리 보인다

- 「엽서」 부분 -

    그의 유년은 조약돌에 홀려 송사리 놓치던 헛헛한 스크린에
서 비롯된다. 지금은 조약돌로 가라앉은 쓸쓸한 추억들이 불
현듯 벋은 새순으로 피어나 유년의 꽃잎 편지로 도착하는 것
이다. 기실 지난한 기다림으로 만난 정한이라서 아리고 시릴
틈새도 보이지 않는다. 그러면서 기억에 사무친다. 무당벌레
닮은 엽서 한 장을 종이비행기처럼 날려 보내며 모처럼 개울
가 풍경을 되살리는 것이다.

    가까이 있었다 해도
    어쩔 수 없었으련만
    그저 지켜볼 수밖에 없었으련만

- 「안부」 부분 -

    많이 힘들었다고 뒤늦게 전해 듣는 소식도 슬픔의 딱지
다. 등짐 무거운 사람의 안부를 듣고 자신은 아직 견딜만
하다고 전하는 마음이 아리고 미안하다.

    속도를 거부하여 버림받은

버림받아서 아름다워진 옛길

굽이굽이 이 길 따라 흘렀을

나지막한 노랫가락이며 넋두리, 한숨소리

-「숨은 길」 부분 -

그 길은 나루터에서 아주 잠깐 인생을 헤아려보던 간이역과 상통한다. 그렇다. 질주하는 차창으로 무심히 스쳐가는 그 오솔길을 가슴에 담는 자만이 시를 쓸 수 있다. 그 눈은 속도를 거부하며 아름답게 숙성시킬 터이니, 타자의 아픔 속에 내가 들어가는 것이다.

시멘트 구멍에서 새어나오는 불빛이

저토록 밝고 따뜻하다니!

시멘트 구멍 하나 얻기 위해

구겨진 꿈

저 불빛 잡기 위해

저당 잡힌 날개

-「꽃과 열매의 시간」 부분 -

필시 밥벌이에 지쳐 돌아오는 귀갓길일 터인데, 자신의 보

금자리인 아파트를 바라보는 시선이 자못 서늘하다. 아파트 불빛이 주는 따뜻함과 안락함을 일단 받아들였다가 내치며 고달픈 일상으로부터 벗어나고 싶은 욕망을 흙집과 호박꽃 초롱에 대한 그리움으로 치환하고 있다. 아파트 베란다에 된장 한 숟갈 뜨러 나간 차에 분꽃 한 송이 조우하는 그림이다.

> 그 마을로 가는 암호문을
> 지니고 있었다
> 늦가을 잡목 숲 가랑잎 닮은
> 제 둥지 찾아가는 멧새 울음 같은
> 그 암호문 잃은 지 오래
>
> -「그 마을이 정말 있었던 것일까」 부분 -

　기실 시인이란 놓친 사연을 헤아리는 암호 해독자다. 고추밭 자드락길 따라가면 잃어버린 옛 마을이 요술처럼 나타날 것만 같다. 뭇 사람들이 잊은 기억들을 선명하게 되살려 여기저기 나눠주니 그게 시인의 업이요, 사명이다.

> 지상에서 사라진 그 산을
> 가끔씩 내 안에서 만난다
> 봄 아니어도 개나리꽃 눈부시고

바람에 나부끼는 하얀 빨래

보리 이삭은 내 안에서 자라

푸르게 출렁, 출렁인다

-「내 마음의 보리밭」 부분 -

진부하던 배경에서 시나브로 정이 든 옛 직장 3층 회의실 창
밖이다. 풍경을 뚫는 안광의 힘으로 개나리 꽃단장한 함석집
도 되살아나고 빨랫줄 아기자기 펄럭이는 초록색 마당도 불쑥
등장한다. 개발 팻말과 함께 파손된 자리에서 보리이삭 밭두
렁 잡아내어 기어이 푸르게 출렁이는 가슴이라니.

그해 겨울이 그리도 모질었음인가

온실 속 분재 화분에서 풀려나와

볕 바른 돌담장 아래 뿌리를 묻던

첫 봄, 진분홍 꽃 몇 송이 피우고는

-「꿈꾸는 영산홍」 부분 -

한때 그는 폭압의 시대에 맞서는 전사의 길을 걸었다. 시몬
느 베이유와 루카치를 읽었고 최루탄에 맞섰으며 촛불 집회에
서 시를 낭송했다. 전교조 해직교사였으나 간난신고 끝에 돌
아온 교단에 실망하여 명퇴교사의 도정을 걸었다. 내상을 입

은 검객이 동굴로 숨어들 듯 산자락 아래로 거처를 옮기고 분 필 대신 호미를, 시몬느 베이유와 루카치를 넘어 헬렌 니어링 과 소로우를 가까이 한다. 소명 의식의 광휘에 가려져 미처 보 지 못했던 일상적 삶의 소소한 진실과 사소한 생명들의 노래 에 주목한다.

비에 젖은 텃밭을 둘러보다가
감자밭 머리에서 문득
나도 함께 젖는다
봄비 머금어 한결 싱싱해진
이파리 밑 촉촉한 흙 속
탱글탱글 영글고 있을 감자 알
감자의 내력이 생각난 거다

- 「감자 꽃이 피리라」 부분 -

텃밭 감자의 내력은, 분리수거 쓰레기통 옆에서 주워 왔으 니 버려진 감자가 농사꾼 임자를 만난 거다. 그 텃밭이 탐스런 새끼들을 재생시키니 지금 저 감자는 그때 감자의 손자뻘인 것이다. 감자 꽃 기다리며 사내와 아낙이 합체된 모습이 모처 럼 싸-하게 화사하다.

겉대로 지쳐져 버림받은

배추 이파리, 포근한 이불 되어

그 아래 새근새근 늦잠 자는

여리디 여린 연두 빛

봄소식

- 「배춧잎 이불」 부분 -

김장 때 팽개친 배춧잎 들춰 곰삭은 흩잎 아래서 오그르르 돋아난 나싱개도 찾아낸다. 파릇한 봄풀 틈에서 알몸으로 늦추위 견뎌낸 겨우살이의 서러움도 캐어내야 한다. 그래서 배춧잎 이불로 겨울을 보낸 어린 속잎은 '냉이'가 아니라 '나싱개'라고 쓰는 게 맞다.

터무니없이 작고 메마른 몸피로

제 생애의 이력을 들려주는

한 포기 생명 그러나

씨앗을 품지 못할

겨우 겨우 존재하다 스러질

- 「겨우 겨우 존재하는」 부분 -

그의 시에 등장하는 꽃들은 죄다 은둔하는 생명붙이다.

쥐똥나무 그늘의 아주 작은 쑥갓꽃이 등장하고 그 틈새에서
싹을 틔우며 울타리 바깥 햇볕 쪽으로 한사코 밀어내던 무수
한 꽃 대궁들이 그렇다. 그 숨소리들이 딱히 시인만의 가슴에
혼자 담겨졌으므로 더욱 귀하다.

> 푸성귀라도 심어야 할 자리에
> 꽃을 심은 마음
>
> - 「살림살이 곽곽해도」 부분 -

결국 버려진 것들을 삼태기에 담는 것도 시인 혼자다. 지금
이 순간이 날마다 가장 젊은 몸이라며, 손바닥 발바닥으로 닦
아내던 버림받은 것들에게 호오호 곱은 손을 쥐어준다. 점차
그는 마이다스의 손을 달고 다닌다. 고무다라나 플라스틱 화
분에 핀 분꽃으로 온 골목을 어느새 환하게 비춰주고 그 처연
함에 생명을 불어넣어 이상과 현실의 간극을 채워주는 점액질
로 살려내는 것이다.

> - 집배원 아저씨
> 우편함에 물새가 둥지를 틀었어요
> 우편물은 돌담장 위에 놓아주세요
>
> - 「물새와 우편함」 부분 -

디지털 시대의 우편함에는 편지나 무당벌레 엽서 대신 전기료 청구서나 청첩장만 쌓인다. 그래서 시인은 비 젖은 솜이 불처럼 무거운 짐을 털며 작은 놈부터 건져내기 시작한다. 벌레 먹은 매듭을 사랑해야 하니 그게 존재의 화두다. 잡풀 속에 살던 개구리나 지렁이들이 집안 마당에 뛰어들면 권정생 생가처럼 정겨우리라.

>   내 그리움은 다르거든
>   남편과 아들이 보지 못한 그 애의 풋풋하고 발랄했던 옛날,
>   아슬아슬 위태로웠던 순수함, 이루지 못했지만 아름다웠던 꿈과 이상을 나는 아니까
>   세월이, 현실이 흐려놓은 그 애의 원판을 나는 생생하게 기억하니까
>
>   -「친구」 부분 -

망자가 된 아낙에 대한 사내와 여인들은 그 회한이 각자 다르다. 사내들은 여전히 '젖은 손의 애처로움'에 젖어드니, 솔직히 말하면 '무수리 아내'에 대한 그리움이다. 된장찌개처럼 구수하면서도 입에 딱 맞는 음식 그리고 잘 빨아서 다린 와이셔츠나 생산해주던 현모양처가 망자로 변신했으니, 불편하고 그립기도 하리라.

그러나 여자들은 다르다. 쇠한 몸 이전의 풋풋함과 발랄했던 몸이 본향이었음을 선명하게 기억하는 것이다. 고무줄놀이나 사방치기로 폴짝폴짝 뛰던 종아리 추억도 아리고 시리다. 젊은 날의 아슬아슬 위태롭던 사랑 놀음과 높이 날고 싶었던 '갈매기의 꿈'을 쌍동 잘라버린 석별들이 허망하다. 그 '여자의 일생'들을 어떻게 벗어나고 어떻게 서술해야 할까?

　　이런 개 같은 자식
　　너 아니면 안 된다고 죽자 사자 쫓아다닐 때는 언제고 이제와서 뭐, 무섭다고?
　　　　　　　　　　　　　　　　　　　- 「사랑의 마키아벨리즘」 부분 -

코 고는 남편 옆에서 마키아벨리의 「군주론」을 읽다가 뜬금없이 호프집에서 엿들은 여인들의 대화를 훔쳐내 마키아벨리즘에 오버랩 시킨다. 그러니까 사내와 아낙의 사적인 관계도 길들임과 길들여짐의 정치적 맥락에서 자유롭지 못하다는 폭로다.

　　남자들 그렇지 뭐. 그렇게 멋져 보이고 가슴 뛰게 하던 남자들, 이제와 생각해보면 탐나는 인간 하나도 없더라 남편? 한마디로 내가 너무 아깝지 결국 이거 깨닫자고, 결혼하고 밥해주

고 애 낳고 여기까지 온 거지 뭐냐

-「우황청심환」 부분 -

밥상을 차려본 적이 없는 사내들은 밥상을 거부할 줄은 안
다. 그미들은 비분강개와 합리화를 빨리 판단하며 다시 일상
의 에너지를 저울질한다. 그건 해방 직후 출산된 아낙 특유의
허구적 풍자이자 해학이다. 익살이 그냥 웃기기만 하는 희극
이라면 해학은 민중적 생명성을 담보로 하니, 그의 문장은 후
자다.

근디 이 여편네는 배달 나간지가 원젠디 아직두 함흥차사
여? 싼 맛에 쓰긴 헌다만 속 터져 죽겄네 죽겄어 장사두 안 되
는디 요번 달까지만 쓰구 자르던지 히야지 원 부려먹기 힘들
어서 (궁시렁궁시렁)

-「갑이 아니라고 말할 수 있는 자 누구인가?」 부분 -

수행비서 겸 기사가 뒷골목 식당 주인에게 퉁방구리 시비를
건 직후다. 여주인은 대충 비위를 맞추고 적당히 흘려버리는
식으로 접대했을 뿐이다. 심통의 순간을 모면한 다음 식당주(
主)는 배달나간 종업원을 떠올리며, 여차하면 잘라버릴 궁리
에 빠지니 그게 생존의 먹이사슬이다. 해답을 제시하지 않은

채 은근슬쩍 던진 반전이 속화된 실체이자 해학적 비장미다.

  그놈이 그놈 같어두 그게 아닌 거
  감나무 집 딸 점 보라구 겉만 번드르헌 놈헌티 시집갔다가
오늘날 팔자가

  뚱딴지 같이 웬 팔자타령이랴? 선거허구 혼인허구 뭔 상관
이라구

  상관이 왜 읎냐? 그게 다 사람 고르는 일이구 내 신세 맽기
는 일인디

-「노인정 난상토론 1」 부분 -

위정자에 대한 공론으로 경로당 노파들의 잦아졌던 에너지
가 순식간에 살아난다.

순종과 페미니즘의 갈등이 쳇바퀴처럼 지난하게 얽혀서 마
침내 선거판 스토리로 전환된다. 단순 명쾌한 게 천상 그의 모
습이다. 그렇다. 그는 짜릿한 절창을 피하면서 신랄한 주제의
식을 담보한다. 디테일한 묘사, 비유, 상징, 허구, 비약을 거절
하는 대신 통째로 비유하고 상징을 시도한다. 이야기를 추스
르는데 바쁘니 상징이나 비약이 끼어들 틈이 없는 것이다. 소

118

외된 주변부에 포커스를 맞춘 다음 문단 전체를 한 방에 털어 내 버린다.

무수한 엑스트라들이 세간의 주류가 되는 줄기를 찾아내는 것. 그게 시인의 주제의식이다. 밥상과 들꽃 그리고 마키아벨 리즘까지 그 속에서 피워내지 못한 아우성을 토로한다. 그렇 다. 군은 땅 헤치고 비로소 첫 시집을 상재하는 노병의 눈매가 예사롭지 않다.